상처는 아프다,
언제나

이별은 낯설다,
누구에게나

조준형 지음

feat 눈물꽃, 바람꽃, 이슬꽃

상처는 아프다, 언제나
이별은 낯설다, 누구에게나

상처 없는 사람이 어디 있으며
외롭지 않은 영혼도 없지 않던가

결국, 사랑한다는 것은 이별을 각오한다는 것
그래도 후회 없는 기억으로 남기 위해서는 더 아파야 한다.
그래서 기실 아프다는 것은
새벽 이슬꽃처럼 시리도록 아름다운 것이 되는 것이다.

좋은땅

이 시와 명상들은

잠시 모든 걸 내려놓고

잃어버린 꿈을 찾아

어린왕자를 찾아 떠나는 여행이다.

편안한 깊은 사색의 여정이 되길 바란다.

각자의 잃어버린 어린왕자와 신화를 찾아서

때론 아기같이 순수하고

때론 소녀같은

맑은 영혼을 우려낸

한 잔의 시

상큼한 바람으로 적셔 보길 바란다.

아침이슬처럼 영롱하고 자유로운 영혼과

삶에 대한 깊은 고뇌가 읽혀지는 시와 명상들이다.

목
차

PART 1 _____ 상처는 아프다, 언제나
이별은 낯설다, 누구에게나

PART 2 _____ 눈물꽃, 바람꽃, 이슬꽃

PART 3 _____ 삶의 어떤 것도 그대로의
무게를 유지하는 것은 없다
시간 속엔 모든 것이 깃털처럼 가벼울 뿐

PART 4 _____ 사랑과 이별은 언제나 미완성인 것이다
끝난 듯 끝이 아니듯

PART 1

상처는 아프다,
언제나
이별은 낯설다,
누구에게나

상처는 아프다, 언제나
이별은 낯설다, 누구에게나

해선 안 될 사랑은 없다. 후회만 없다면.
그렇지만 막상
이별은 낯설다. 누구에게나

사랑은 두 사람을 제외한 세상 모두가 조연으로 변하는 것
이별은 두 사람이 주연에서 갑자기 무대 뒤로 사라지는 것이다.

기다림은,
누구에게나 영혼을 태우는 또 다른 고통인 것을
늘 기다림은 지치기 마련이어서 기다리면 오지 않는다
그 기다림은 답장이 오지 않아도 기다림만으로 족하다지만
그래도 적어도 우린 누구에게 기다림은 되지 말아야 한다

상처는,
시간이 가면 무뎌지거니. 그래도
상처는 아프다. 언제나
세상에 상처 없는 사람이 어디 있으며

외롭지 않은 영혼도 없지 않던가

결국, 사랑한다는 것은 이별을 각오한다는 것
그래도 후회 없는 기억으로 남기 위해서는 더 아파야 한다.
그래서 기실 아프다는 것은
새벽 이슬꽃처럼 시리도록 아름다운 것이 되는 것이다.

봄은 혹독한 겨울을 지나오는 것이고
눈물로 가슴을 씻은 자만이 진실된 세상을 볼 수 있듯이
바라보는 시선에 따라 또 다른 세상이고
너와 나는 기억이 닿는 곳까지만 서로 존재하는 것이다.

세상은 원하는 대로 이루어지지 않아도
꿈꾸는 것만으로도 족한 것
다만 네가 알 수 없을 만큼 아플 뿐

피지 못할 꽃이라면 싹을 틔우지 말고
거두지 못할 사랑이라면 안지 말아야 한다
그만둘 용기가 없다면 애초부터 시작하지 말아야 한다

이젠 내 사랑에도 지문이 있어

굳은 살 배긴 나이테를 켜켜이 두르고

오늘도 그 찐한 에스프레소향 이별노래를 마신다.

삶의 어떤 것도 그대로의 무게를 유지하는 것은 없다

시간 속엔 모든 것이 깃털처럼 가벼울 뿐

시간 속에 치유되지 않는 슬픔도 없고

잊혀지지 않는 이별도 없다

그럼에도 난 아직도

더 뾰쪽해진 바람이 날카로운 비수처럼 깊숙이 꽂히고

기억의 흐름 속에

분명 계절을 잃은 겨울비는 네가 맞는데

왜 오롯이 내가 젖는지.

그러고 보면

사랑과 이별은 언제나 미완성인 것이다.

끝난 듯 끝이 아니듯.

상처는 아프다, 언제나
이별은 낯설다, 누구에게나

상처는 아프다, 언제나 이별은 낯설다, 누구에게나

사랑의 알고리즘은 **무조건**

이별의 알고리즘은 **집착**

- 조준형의 '알고리즘' 중에서

아픔 없는 사랑은 사랑이 아니다

사랑이 가슴 아리도록 아픈 것은

결코 쉽지 않은 까닭이다

사랑의 본질은 인내라

주어도 주어도 못다 주어

절절한 애틋함에 더 슬프고도 아픈 것이다.

사랑은 고통이다.

사람들 사이로 보이지 않는 끈이 있어

서로의 상처투성인 더듬이를 곤두세우고

상처가 피고 지고

스스로 보호막을 치고

생채기에 딱지가 생기도록 줄다리기를 하는 것이다.

사랑은 서로의 가슴과 가슴이 만나 불을 지피고

새로운 세상을 하나 창조해내는 것이다

서로 젖은

어깨를 기대어

상처는 아프다, 언제나 이별은 낯설다, 누구에게나

구멍난 가슴 사이로 별빛을 쏟아 붓는 것이다

사랑하는 것은 사랑받는 것보다 쉽다
누구나 할 수 있다고 해서
누구나 사랑받을 순 없는 것이다.
사랑은 누구나 할 수 있지만
그것을 감내하는 것 또한 아픈 희생인 것이다.

사랑은 주는 것도 받는 것도 아닌
그냥 느끼고 하는 것이다
온몸의 세포가 깨어나고 쇼팽의 선율을 타고
영혼까지 빨려들어가는 것이다

사랑은 시련이다.
시시때때로 확인을 요하듯 머물지 않는 것이다.
텔레파시가 통하듯
서로의 숨결이 만나 떨리는 설레임으로 싹틔워지고
터질 듯한 뜨거움으로 함께하지만
이내 뻥 뚫린 상실감으로 이별을 고하고
그렇게 흘러가는 것이다.

이별은 헤어지는 아픔보다

잊지 못하는 고통이 더 큰 것이다

이별을 상시 습관처럼 하는 우린

시련 없는 사랑도 없듯

아픔 없이 사랑도 이루어지지 않는다는 것을 안다.

아픔도 사랑의 일부라

그대로를 받아들여야 하는 것이다.

사랑은 각자의 수수께끼를 푸는 것이다

영원히 함께 할 수 없는

그래서 더 슬픈 것이다

늘 그립고 애틋한 것은 기다려주질 않듯이

아마도 사랑이 애틋한 것은

생명이 짧은 탓일게다

결국

누군가를 사랑한다는 것은 모든 것을 포용하는 것이다

그 사람의 일생을 그냥 받아들이는 것,

그대로를 인정하는 것이다.

누군가를 내 안에 깊이 받아들이는 것이다.

상처는 아프다, 언제나 이별은 낯설다, 누구에게나

사랑은 사람 안에 머물다 사람에게로 흐른다

사랑은 그렇게 흘러가는 것이다

네가 같이 흐르던 어디에 머물든 상관 없이

사랑도 때가 있어

너무 때늦은 사랑은 사랑이 아니듯

아픔 없는 사랑도 사랑이 아니다.

아픔이 아픔이 아닐 수 있을 때 그것이 진정한 사랑일 테다.

상처는 아프다, 언제나 이별은 낯설다, 누구에게나

너는 나를 보고 나는 너를 읽는다
서로가 보는 것은 같지만
느끼는 것은 다르다
너는 거기 있고 나는 여기 있다.
내가 거기로 갈 수도
네가 여기로 올 수도 있겠지만
서로가 한 발씩 다가갈 수도 있다.
그래야만 하는 이유는 없지만
그것이 더 좋은 것이니까

- 조준형의 '서로 다가가기' 중에서

해선 안 될 사랑은 없다

사랑이 두려운 까닭은
준비된 이별보다 준비 안 된 이별이
더 아프기 때문이다.
우리 만남은 평행선으로 시작해
끝내 만날 수 없는 탓에
그리운 만큼만 타올라 오늘도 운다. 억새풀처럼

이별이 슬픈 이유는
알고도 막지 못한 아쉬움이 큰 까닭이다.
추억이 상처로 남기 때문에
혼자 감당하기엔 벅차 아리도록 슬픈
온전히 나만의 그리움일 테고
먼저 떠나보내는 이유도
아픈 것보다 더 아픈 것을 볼 수 없는 까닭이다

마지막은 늘 외롭기 마련
시작은 희망이 있지만

상처는 아프다, 언제나 이별은 낯설다, 누구에게나

마지막은 다음을 기약할 수 없다

마지막은 끝이라서 더 외로운 것이다

사랑은 봄처럼 다가와 겨울처럼 떠났다

낡은 풍금건반 위를 천진난만하게 뛰어놀던 우리 사랑은

모래성처럼 흩어져 이별로 끝났다

너와 나의 기억이 맞닿은 산기슭에는

추억들이 상처로 남아 굳은 살로 나이테를 그리고

이별도 내 몫이라

남은 것은 온전한 나만의 그리움과 외로움인 것을

녹슨 기차길 위에 멈춰진 사랑은 허물을 벗고

빛바랜 청춘 사이로

그래도 기억만은 온전히 내 것이 된 것이다

늘 사람에게 있어서

해선 안 될 사랑은 없다.

시작부터 이별을 전제한다면.

상처는 아프다, 언제나 이별은 낯설다, 누구에게나

점들을 무수히 찍으면 선이 될까
무한대로 찍어도 점 사이에 공간은
영원히 이어질 수 없다
단지 점이 이어진 듯 보일 뿐.
단순 점의 집합체일 뿐 이어진 선은 아니다.
너와 나 사이의 공간도
너와 나도 빈틈이 없는 접점은 될 수 없는 것이다.

– 조준형의 '접점' 중에서

사랑에 연습이 필요한 까닭은

사랑에 연습이 필요한 까닭은
실패한 사랑은 너무 아프기 때문일 테고
이별에 연습이 필요하지 않은 이유는
성공한 사랑은 이별이 필요없기 때문이기도 하지만
구태여 죽음보다 더한 고통을
미리 반복할 필요까지는 없는 까닭이다.

사랑이 두려운 건
아픔 없이 필 수 없는 까닭이고
이별이 두려운 건
제대로 이별하는 방법을 모르기도 하거니와
익숙하지 않은 까닭일 테다

사랑도 이별도 낯설기는 매한가지지만
사랑이든 이별이든
끝까지 감당할 수 없다면
때론 이별도 사랑의 한 방법이라

상처는 아프다, 언제나 이별은 낯설다, 누구에게나

그래도 익숙해지려는 갸날픈 몸짓이라도 필요한 것일게다

이별이 두려워 사랑하지 못하는 것보다
사랑함으로 인하여 이별하는 방법을 모르는 탓에
때론 기다림도 사랑의 한 방법이라
차마 보내고도
진정 보내지 아니한 까닭이다.

상처는 아프다, 언제나 이별은 낯설다, 누구에게나

사랑은 복잡해선 안 되는 것

단순해야 하는 것이다

어떤 조건도 이유도 없어야 하는 것이다

- 조준형의 '무조건' 중에서

그대 이슬꽃처럼

내 심연의 어드메쯤
그리움의 불씨를 지피고
그 이별의 어디쯤
기다림의
그물을 쳤다.

그대 서툰 사랑은
사랑이 아니기에
오늘도 불면의 꿈을 꾸었다

우리 사랑은
가끔식 낯선
기다림으로
실오라기 하나 걸치지 않은
부끄러운 나신을 드러내고

소스라치듯 숨죽인

상처는 아프다, 언제나 이별은 낯설다, 누구에게나

우리 이별은

정면으로 마주할 용기도 없어

갈길 잃은 시선으로

날마다 얼굴을 갈아 치운다

그대 이슬꽃처럼.

상처는 아프다, 언제나 이별은 낯설다, 누구에게나

기다림은 두 종류다
하나는 희망 있는 기다림
다른 하나는 부질없는 기다림이다
전자는 행복이지만
후자는 고통이다.

- 조준형의 '기다림' 중에서

봄 여름 가을 겨울

사람아 사람아

봄은
애타게 기다리는 사람에게 찾아오는
꽃잎이고

여름은
차가운 사람에게 뜨거운 숨결을 불어넣는
줄기이고

가을은
오색빛깔로 여인처럼 물들어 가는
잎사귀이고

겨울은
남겨진 사람처럼 앙상한
뿌리이다.

상처는 아프다, 언제나 이별은 낯설다, 누구에게나

사람아 사람아

봄비가 촉촉이 나리는 것은
너를 만나기 위함이고

여름 햇살이 눈부시도록 뜨거운 것은
너를 너무 사랑하기 때문이다

가을 바람이 마지막 잎새처럼 외로운 것은
너를 너무 그리워하기 때문이고

겨울 함박눈이 펑펑 나리는 것은
너를 잊기 위함이다.

사람아 사람아.
꽃잎 같은 사람아,
잎새 같은 사람아

너를 너무 사랑해서
결국 겨울이 오는 것이다.

상처는 아프다, 언제나 이별은 낯설다, 누구에게나

사랑에도 쉼표가 필요한 까닭은
사랑은 많은 에너지를 필요로 하기 때문.

– 조준형의 '쉼표' 중에서

그대에겐 그런 사람이고 싶습니다

내 그대에겐
그런 사람이고 싶습니다

가진 행복
모두 그대에게 주고
그대 불행
모두 가져가는
그런 사람이고 싶습니다

거친 파도 몰아쳐
마디마디 부서지더라도
그래도 온 몸 던져 막아 주는
내 그대에겐
그런 사람이고 싶습니다

그대 상처
대신 베이고

세상 모든 것 얼어붙어도

당신 위해 모두 벗어드리는

내 그대에겐

그런 사람이고 싶습니다.

희노애락 함께 할 수 있다면야

더 없이 좋겠지만

그대 슬픔만이라도

함께 할 수 있다면

더 바라진 않겠습니다

좋은 날엔 초대받지 못해도

아픈 날엔 시린 등 가장 먼저 안아 줄 수 있는

내 그대에겐 그런 사람이고 싶습니다

내 슬픔 밟고

그대 행복 피어날 수 있다면

기꺼이 내어드리고

그대 생각만으로도

온몸으로

전율 느끼는

언제든

그대 보기 싫다 하면

돌아서 우는 모습 감추고

웃어 보이는

내 그대에겐

그런 사람이고 싶습니다

그대 숨결마다

그리움 쌓여

숨이 그대로 멎어도 좋습니다

그대에게 꽃이 될 수 있다면

이름 없는 들꽃이라도

아니 잠시라도 필 수 있는 꽃이기만 하여도

아니 아니 아무런 존재가 아니어도

좋습니다.

모두가 떠나더라도

마지막까지

맞잡은 손 먼저 놓지 않는

내 그대에겐

상처는 아프다, 언제나 이별은 낯설다, 누구에게나

그런 사람이고 싶습니다.

난 아니어도

그대만은

늘 행복한 날이었으면

간절히 기도하는

내 그대에겐

그런 사람이고 싶습니다.

상처는 아프다, 언제나 이별은 낯설다, 누구에게나

철길은 부목이 받치는 데까지만 가고
우리들은 기억이 닿는 곳까지만 의미가 있다.
뒤에 올 기차를 위하여
인생은 한 땀 한 땀 부목을 놓듯 가는 것이다,

– 조준형의 '인생의 부목' 중에서

짧은 입맞춤 긴 이별

마지막임을 직감했다.
스치듯 짧은 입맞춤으로

흔들릴 때마다 한 잔씩,
아득해질 때마다
오래전 끊었던 뿌연 연기가
다시 화염 자욱한
격랑의 포화가 되고
철 지난 목발을 짚고 그 화염 속으로
우린 어린왕자를 찾아 마지막 여행을 떠난다

세월도 가고 사랑도 가고
이제 남은 것은 구멍 난 난파선뿐

이젠 우리는
짧은 입맞춤으로 이별하여야 한다
선은 악의 희생 위에 존재하듯

상처는 아프다, 언제나 이별은 낯설다, 누구에게나

난파선에는 끝없이
별이 쏟아져 하얀 포말이 되어 부서졌다

폐허가 된
기억들은 쓰러진 술병에 가득 찼다

부재.
존재는 부재를 대비해서만 존재할 수 있다던
시인은 사라지고
죽음은 끝이 아니길
처음인 듯 고뇌하던
사랑도 준비 없이 서둘러 떠났다
스치듯 짧은 입맞춤만 남긴 채

지구가 수천 바퀴를 도는 동안
별나라에 착륙한
편지로부터 답장이 돌아올 것이다. 그때쯤
어쩌면 평평해진 지구의 소식이 담겨져 있을지도 모른다

낙엽이 바람에 스산히 흩날린다
폐인처럼 낡은 컴퓨터엔

쓰다 만 길 잃은 활자만이

주인을 기다리는데.

상처는 아프다, 언제나 이별은 낯설다, 누구에게나

상처는 아프다, 언제나
이별은 낯설다, 누구에게나

상처는 아프다, 언제나 이별은 낯설다, 누구에게나

너는 가고 나는 오고

서로가 엇갈린 길만큼 기억도 어긋나 있다

멀어진 거리만큼

관계는 시공간을 뛰어넘을 수 있을까

우리도 모르게 무수한 엇갈린 순간들

그 속에 너도 있었을까

- 조준형의 '엇갈린 길' 중에서

夢幻[몽환]

돌아앉았다

문득 혹시나 하는 기대를
어김없이 주저앉히는 절망

유통기한이 다 된 고기마냥
꿈꾸던 전생과 나는 늘 반대였다

너의 눈에서 늘 슬픈 상처를 불러내곤
부처가 되었다
문득 낯설어진 달빛
고통은 나누어 봐야 가벼워지지 않는다

등을 돌린 것은 너지 내가 아니다.
마지막 자존심이다
불을 놓았다. 등신불.
타고 있는 건 나지 너가 아니다

상처는 아프다, 언제나 이별은 낯설다, 누구에게나

꽃이 피었다. 몽환[夢幻]

핀 것은 착시일 뿐

에둘러

앞서 핀 것이다.

상처는 아프다, 언제나 이별은 낯설다, 누구에게나

삶의 무게감으로 괴로워할 필요도 없으리

어차피 중력을 받으며 살고 있는 자체가

무거운 짐인 것을.

- 조준형의 '중력' 중에서

관계

지독한 고통이다.
그로 인한

상처를 주고 상처를 받는
금기

존재의 본질인 척
거부할 수 없는 벽
항거의 몸부림도 부질없는 낙차일 뿐

결국 완벽한 자기희생만이
해방의 창구다

이어진 듯 이어지지 않는 그물망
서로가 서로에게 감정의 갈고리를 걸고
씨줄과 날줄로
절규한다

관계라고.

상처는 아프다, 언제나 이별은 낯설다, 누구에게나

상처는 아프다, 언제나
이별은 낯설다, 누구에게나

상처는 아프다, 언제나 이별은 낯설다, 누구에게나

세상의 '모든 관계'는
서로가
상대의 영역을
침범하지 않는 '자신만의 영역'을
존중해야 한다.

세상의 '존재하는 모든 것'들은
자신만의 영역이 존재하며
그 '영역'이 있어야
'존재의 의미'를 가지는 것이다.

– 조준형의 '자신만의 영역' 중에서

그렇게 가소서

그대로 오소서
아무 말없이
그대 오소서
못견디게 고운 이 눈길로

그대로 가소서
아무 말없이
가슴 미어지도록
즈려밟고
사뿐히 소리 없이

떠날 때도 처음처럼
발자욱도 남기지 말고
오실 때처럼
가실 때에도
그렇게 말없이 가소서

상처는 아프다, 언제나 이별은 낯설다, 누구에게나

그대 그렇게

지독한

신열로 다가와

가슴 뚫린

애절함만 남겨 놓은 채 그렇게 가소서

떠난 뒤는

모두 내 몫으로

남겨 놓으소서

간절한 그리움도

내 몫이라

차마 보내지 아니하였는데

다시는

오지 않을 것을 잘 알기에

구차한 변명도

기다림도

주지 말고 그냥

그렇게 말없이 가소서.

상처는 아프다, 언제나 이별은 낯설다, 누구에게나

삶에는 여백이 필요하다.
빨리 간다고 더 많은 것을 취할 수는 없다.

너무 숨막히지 않게,
너무 뜨겁지도 차갑지도 않게,
너무 급하지도 느리지도 않게,

늘 한 발짝 떨어져
여백을 관조하면,
삶은 그리 대단한 것도 아닌,
아주 소박하고도
기본적인 것들이
소중하다는 것을
깨닫게 되는 것이다.

– 조준형의 '관조' 중에서

있는 그대로

너무 오래 걸렸습니다.

내 당신을

있는 그대로 사랑하기까지

욕심이 앞섰습니다.

자꾸만

내가 만든 틀로 밀어넣었습니다.

당신도 원하는 줄

알고

너무 오래 걸렸습니다.

있는 그대로가 가장 아름다운 것을

진정 사랑은

있는 그대로를 받아들이는 것 다름 아님을

당신은

있는 그대로가 가장 아름다운 것을

너무 오래 걸렸습니다

그것을 깨닫기까지.

상처는 아프다, 언제나 이별은 낯설다, 누구에게나

해야 할 일만 하다 보면
원하는 일은 할 수 없다.

– 조준형의 '원하는 일' 중에서

PART 2

눈물꽃,
바람꽃,
이슬꽃

눈물꽃, 바람꽃, 이슬꽃

연분홍 아젤리아 흐드러진
눈물 속에 피어나
가슴 속에 깊이 박제된

그대는 눈물꽃

바람처럼 나타나 봄날 아지랑이처럼
기약 없는 그리움만 남기고
스쳐 지나간

그대는 바람꽃

밤새 울다 지쳐 잠든 새아기처럼
온밤을 지새며
눈물 한 방울로 증류된

그대는 슬픈 이슬꽃

상처는 아프다, 언제나 이별은 낯설다, 누구에게나

상처는 아프다, 언제나
이별은 낯설다, 누구에게나

상처는 아프다, 언제나 이별은 낯설다, 누구에게나

자유로운 영혼을 추구하나
우리의 생전엔 자유는 없다.
자유롭고자 하는 열망만 있을 뿐.

자유, 진정한 해방은
영원한 소멸뿐이니

– 조준형의 '자유로운 영혼' 중에서

사랑 전후

씨앗은 흙에서 싹이 트고

희망은 절망 속에 그 싹을 틔우듯

사랑은

사람과 사람속에 그 싹을 피운다

너와의 만남만으로도

하루 아침에

모든 것이 달라 보이듯

세상은 새삼 다른 의미로 다가왔다

가슴이 터질 듯한

짜릿한 전율은 뇌파를 타고

온갖

세상을 다 뒤집어 놓는다.

그래서 세상은

사랑하기 전과 사랑한 후로 나뉘는가 보다.

상처는 아프다, 언제나 이별은 낯설다, 누구에게나

상처는 아프다, 언제나
이별은 낯설다, 누구에게나

상처는 아프다, 언제나 이별은 낯설다, 누구에게나

사랑은 3분요리가 아니다.
너무 뜨겁지도 차갑지도 않게
36.5+36.5=73도가 되어 가는 것.

– 조준형의 '사랑의 온도' 중에서

지나고 나서야

지나고 나서야 알게 되었습니다.
모든 것이 떠나고 나서야 비로소

피고 지고 만나고 떠나고
만개하던 꽃도 지고 나서야
얼마나 예쁜 위안이었는지

당신이 떠나고 나서야
숨결 하나하나까지 애틋한
사람이었는지

세월이 지나고 나서야
그리움이 켜켜이 쌓여 간다는 것을
이제서야 알게 되었습니다. 비로소

깨닫게 되었습니다.
떠나 보내고 나서야

상처는 아프다, 언제나 이별은 낯설다, 누구에게나

기다려 주지 않는다는 것을

늘 여유 있을 때까지라며

미루어 온 것들이

이제는 해 줄 수 없게 되었다는 것을

세월이 지나고 나서야

삶의 무게가 얼마나 무거운지

곱디고운 청춘도

외롭고 지친 노년을

피해갈 수 없다는 것을

지나고 나서야

알게 되었습니다.

어제보다 더 나은 오늘이

오늘보다 더 나은 내일이 오지도 않을 것이라는 것을

내일이라는 오지 않을 희망을

늘 미끼인 양 달아 놓고

자신을 채찍질할 이유는 없다는 것을

오지도 않는 내일을 왜 기다린 것인지

지금은 지금일 뿐

존재는 순간일 뿐

영속할 수 없는 것을

기다리지 말고

있는 그대로

주어진 삶을 음미해야 함을

이제야

알게 되었습니다.

시간이 갈수록 소중한 한 가지씩을 잃어 간다는 것을

좀 더 양보하고

좀 더 비우고

좀 더 여유롭게

좀 더 간절히 사랑하며 살지 못했다는 것을

모든 것이

지나고 나서야

하나하나 소중했음을

아 모든 것이

떠나고 나서야

가고 나면 오지 않는다는 것을

비로소 알게 되었습니다

그래도

또 다시

오늘도 하염없이 기도합니다.

어제보다 더 나은 오늘이

오늘보다 더 나은 내일이 되기를……

상처는 아프다, 언제나 이별은 낯설다, 누구에게나

행복과 가치는 절대우위에서 오는 것이 아니다

그것은 자신이 결정하는 것이다

행복과 가치는 각자가 정의하는 것이므로

행복은 이미 자신이 가지고 있는 것에서 찾아야 한다

– 조준형의 '행복' 중에서

내 속엔 내가 너무 많아

내 속엔 내가 너무 많아
그것이 마르든 마르지 않는 눈물이든, 울음이든
배출되지 않은,
오히려 울지 못한 슬픔이 더 크다

웃자란 일상들을 잘라내고
거친 상념들도 빗질하다 보면
오롯이 곤두서는 군상들

그 뜨거웠던 마주하지 못한 궤적을 따라가다 보면
문득 마주치게 되는 아픔에 외면한다

거울에 비친 나는 평면이지만
세상은 보이는 것이 다가 아니듯
더더욱 사뿐히 즈려밟고 가는 꽃길이 아니다.
더 어둡고 습한 길을 가야 하는 것

상처는 아프다, 언제나 이별은 낯설다, 누구에게나

그리하여 내 속엔 내가 너무 많아도

스스로 가두지 않아야 한다. 그 좁은 속박 속으로

가진 것에 대한 소중함보다
가지지 못한 것에 대한 부러움이 큰 법이다.

가진 것에 대한 충족감보다
가지지 못한 것에 대한 부족함이 커 보이고
늘 만족하지 못하고 채워지지 않는 것은 부족한 삶이다.

상처는 아프다. 언제나 이별은 낯설다, 누구에게나

이는 '존재의 역설'이다.
존재함으로 인하여 존재의 가치가 무시되고
오히려 존재하지 아니함으로 인하여 존재는 빛을 발하고
존재의 의미는 강하게 부각되는 것이다.

있을 때 그 귀중함을 깨닫지 못하고
상실해 봐야만 존재의 가치를 절감하게 된다.

가지지 못한 것에 집착하면 미련이 남고
가진 것에 대한 의미도 빛을 잃는다.

많은 것을 가지지 못해도
가진 것에서 충족감과 감사함을 느끼면
늘 행복한 인생이고
많은 것을 가져도 늘 공허감에 시달리면
늘 가난한 인생이 되는 것이다.

- 조준형의 '가진 것 Vs 가지지 못한 것' 중에서

별나라로 돌아갈 수 있을까

가장 소중한 것은 눈에 보이지 않는다던
사막여우는 사라졌다

장미와 사랑에 빠진 사이
내 어린왕자도 사라졌다

저 별나라로 돌아갈 수 있을까
코끼리를 삼킨 보아뱀처럼
도와줄
백마를 찾아서

잊혀지는 게 두려운
우린
오늘도 무거운
낙인들을 찍는다.

상처는 아프다, 언제나 이별은 낯설다, 누구에게나

상처는 아프다, 언제나
이별은 낯설다, 누구에게나

상처는 아프다, 언제나 이별은 낯설다, 누구에게나

각자가 맞이하는 바람과 시련은 모양이 다르다

각자가 헤쳐갈 너의 아픔을 나는 알지 못한다

– 조준형의 '각자의 바람' 중에서

미련

항상 아쉬움이 남아 있었습니다
하지 않은 것들에 대한 아쉬움
가지 않은 길에 대한 미련들이

늘 한켠에 깊숙이 담아 두었습니다
언젠가 기회가 오면
끄집어 낼 요량으로.

그러나 오지 않았습니다
기다림에 지쳐
미련이 오래 묵혀 체념이 되고 나서야
끄집어 내어 버렸습니다
아무런 생각 없이

혹시 몰라
묵은 때마냥
떨어지지 않는 찌꺼기까지

상처는 아프다, 언제나 이별은 낯설다, 누구에게나

싹싹 씻어 냈습니다.

꽉 차서 숨쉬기 곤란했던
가슴에 빈 공간들이
생겼습니다.

덜어 내니
홀가분한 만큼
공허함이 가득 찼습니다

결국
그 빈 공간을 다 채우지 못해
다시 새로운 싹이 자라났습니다.

괜히
애써 미워했나 봅니다.
부질 없이

새로운 싹들은 그냥
그렇게 자라도록 내버려 두려 합니다.

상처는 아프다. 언제나 이별은 낯설다, 누구에게나

우리는 오늘도
척박한 **과거**라는 텃밭에
지금의 씨앗을 뿌리고
미래라는 열매를 기다리고 있다.

- 조준형의 '텃밭' 중에서

꽃말

모든 꽃은 자기만의 말을 가지고 있지
꽃을 피우기까지 숨겨진 고통이 새겨진
퇴화된 꼬리처럼
예쁘게 치장하고 있다고.

생명수를 타고 흐르는
새순은
한과 혼을 숙성시켜
눈물 한 방울로 싹틔운
꽃말로 탄생하듯

네 이름을
너만의 언어로 짓는 것처럼
그 이름은 누군가 인지할 때만 비로소 의미가 있을 터.

나의 이름도
나에게 어울리는 언어로 누군가가 지어 주었으면.

상처는 아프다, 언제나 이별은 낯설다, 누구에게나

상처는 아프다, 언제나
이별은 낯설다, 누구에게나

상처는 아프다, 언제나 이별은 낯설다, 누구에게나

사랑은 진행형만 있을 뿐

과거형 미래형은 없다

- 조준형의 '진행형' 중에서

어린왕자를 찾아서

떠나자
저 별나라로
백마 탄 어린왕자를 찾아서

꿈을 찾아
떠난 어린왕자를 만나면

박제된 꿈들이
어쩌면 살아날지도 몰라

가자
저 별나라로
백마 탄 어린왕자를 찾아서

아직도 저 별나라엔
따스한 온기가 남아 있을지도 몰라
오랜 냉동된 꿈들을 녹일

　　　　　상처는 아프다, 언제나 이별은 낯설다, 누구에게나

가자

저 별나라로

상처받은

백만송이 꽃을 피울 수 있을지도 몰라.

상처는 아프다, 언제나 이별은 낯설다, 누구에게나

전부 다 가질 수 없더라도
마지막이라도 함께할 수 있다면
단 하나의 의미가 아닌
여럿 중의 하나라도 좋습니다.

그대가 가진 내 기억보다
내가 가진 그대 기억이 더 소중하듯
오롯이 그대는 내 기억에 의해 존재하는 것일 뿐이라도
좋습니다.

– 조준형의 '내가 가진 그대 기억이 더 소중하듯' 중에서

개화

고와라
고와라
그 향기 그 살내음 고와라

향기로와라
섬섬옥수
그 빛깔 향기로와라

처음 꽃단장한
새색시처럼
그 속삭임도 감미로와라

살포시
눈 가리고
귀 막아
밤새 그리 기도하더니

상처는 아프다, 언제나 이별은 낯설다, 누구에게나

놀라워라

수줍은 소녀마냥

곱디고운

이슬 눈꽃으로

환생하였고나.

세상의 모든 것은

서로가

'적당한 거리' 두고

바라보아야 한다.

상처는 아프다, 언제나 이별은 낯설다, 누구에게나

너무 가깝지도
너무 멀지도 않는
'적당한 거리'는
서로를 위해서 필요한 것이다.

너무 가까우면
미세한 '티'가 두드러져
전체의 아름다움을 볼 수 없는 탓이고

너무 멀리하면
진정 아름다움의
멋과 향기를
느낄 수 없는 탓이다.

적당한 거리는
서로
진정한 아름다움을
느끼는 기본이다.

- 조준형의 '적당한 거리' 중에서

동행

혼자가 아니어서
둘이어서 행복했다

칠흑같은 어둠에도
맞잡은 손 느낄 수 있어
안심했다

힘든 어깨를 내어 주고
함께 있는 것만으로
서로의 그림자가
되어 주어
그동안
고마웠다

그 끝은 달라도
그래도 여기까지라도
같이 올 수 있어

상처는 아프다, 언제나 이별은 낯설다, 누구에게나

감사했다

그것만으로도.

상처는 아프다, 언제나 이별은 낯설다, 누구에게나

우리에겐 비상구는 없다.
도대체 얼마나 더 아파야
저 별들이 슬픔을 가져갈까.
우리들의 잃어버린 별들을 찾아서

– 조준형의 '비상구' 중에서

기억해다오

여린 날개짓으로

솟아올라

땅바닥으로 곤두박질치길

수천 번

처절한 몸부림으로

일어서서

까무라치길

또 수천 번

기억해다오

그 여린 날개짓

몸짓

하나하나

내겐 혼절했던

아픔이었음을

상처는 아프다, 언제나 이별은 낯설다, 누구에게나

그 깃털 하나하나

천근의 눈물이 알알이 맺혀 있음을

기억해다오

훗날

그 깃털 모두 뽑혀

앙상한

뼈만 남아도

그래도 한때는

간절히 날고 싶은

아름다운 새였음을

이카로스의 날개였음을

상처는 아프다, 언제나 이별은 낯설다, 누구에게나

아무것도 하지 않는 것보다
무엇이라도 해서 실패하는 것이 더 낫다.

- 조준형의 '도전' 중에서

낙화

꽃잎이 떨어진다
눈처럼 꽃비가 내린다

핀 꽃잎보다야
떨어지는
꽃잎이 더 가벼웁다

한철
가진 빛깔 그 향기
다 떨쳐내고

그 생명 다하고야
그 빛깔 다하고서야

냉정히
돌아서
제 갈 길을 재촉한다

상처는 아프다, 언제나 이별은 낯설다, 누구에게나

핀 꽃잎보다야

떨어지는

그 꽃잎이 더 그리웁다.

상처는 아프다, 언제나 이별은 낯설다, 누구에게나

때론 새롭게 시작하기 위해선
우리는 기존의 것들을 과감히 잊어야 한다.
망각-백지가 필요한 것이다

– 조준형의 '망각' 중에서

PART 3

삶의 어떤 것도
그대로의 무게를
유지하는 것은 없다
시간 속엔 모든 것이
깃털처럼 가벼울 뿐

구원 - 신화를 찾아서

우린 왜
무언가가 되어야만 하는가
사과를 탐낸 아담의 원죄 때문에
죽음을 가둔 시지프스의 잘못 때문에

오늘도
우린 저마다의 바윗돌을 하나씩 끌어안고
밀어올리고 있다.

신은 왜
도전하지 않은 우리에게까지
형벌을 주는가
그 형벌엔 감형도 가석방도
사면은 더더욱 있을 리 없다

왜 우린
무언가를 향해

상처는 아프다, 언제나 이별은 낯설다, 누구에게나

끊임없이 날아가고 싶은 걸까

이카로스의 날개처럼

추락해도

하늘 높이 비상하고

시지프스의 바위처럼

떨어져도

다시 절벽에서 정상으로.

신화는 기억한다

희망과 절망이 공존하는 부조리

선과 악이 하나라는 역설에도

신에 대한 도전은 계속된다

힘에 겨워

제 몸도 못 추스른 채

건물 첨탑에 걸린

무수한 십자가와

산마다 정상에 우뚝 솟아오른

관음상에도

쉴새없이 바윗돌이 굴러 떨어진다

이제 더 이상 구원의 손길은 아니다.

힘에 겨워

제 몸도 못 추스르는데.

등대는 몸으로 기억한다

거친 태풍이 지나간

신화의 전설을

정상에 설 수 없는 시지프스의 바위처럼

녹아 내린 깃털들은

지친 몸으로

각자 전설을 찾아 떠난다

등대도

이젠 더 이상 구원의 빛이 아니다

힘에 겨워

제 몸도 못 밝히는데.

상처는 아프다, 언제나 이별은 낯설다, 누구에게나

상처는 아프다, 언제나
이별은 낯설다, 누구에게나

힘들다고 절망 마라.
인간이란 자연과 우주 앞에선
너무도 미약한 존재가 아닌가.

인간은 태어나면서부터 자신의 존재에 대한,
삶에 대한 슬픔과 아픔을 잉태하고
울면서 생을 시작하지 않는가.

상처는 아프다, 언제나 이별은 낯설다, 누구에게나

누구나 삶은 고단하고 힘든 것이다.
느끼는 정도의 차이일 뿐,
견디지 못할 고통처럼 느껴지더라도
시간이 가면 언젠가는 모든 것이 해결되는 것이다.

세월이 약이듯
모든 것이 다 지나가는 것이다.
어떤 고통도 시간과 공간을 초월하는 것은 없다.
시공의 한계를 가지는 것이다.
지금, 여기 우리가 존재함으로 발생된 것이고
시공을 뛰어넘으면 그 고통의 의미는 존재하지 않는다.

고통도 불안도 모두 초월해라
마음을 비우고
시간이 가면 해결되는 것이다.

– 조준형의 '고통 Vs 시간치료' 중에서

점 → 선 → 면 → 공간 → 4차원 → 점

점이 모여 선이 되고
선이 모여 면이 된다.

면면이 만나 따뜻한 공간
다시 그 공간들이 모이면
시공을 초월한
4차원세계

결국
4차원은
무수한 점들의 집합체

1차원이 2차원으로
2차원은 3차원으로
3차원이 4차원으로
결국 4차원은 1차원의 집합체

상처는 아프다, 언제나 이별은 낯설다, 누구에게나

우리 관념도

단편적 조각조각이 이어져

선이 되고 면이 되고 공간이 되고

새로운 세계를 창조하고

글자가 모여 단어가 되고

단어가 모여 개념이 되고

개념이 모여

그 개념마저

초월한

사색이 되고

기억의 파편들이 모여

선이 되고 면이 되고 공간이 되고

결국 그 존재를 뛰어넘는

그 무엇을 잉태할까

오늘도 무수한 점.점.들을 찍고 있다

선이 될 수도 면이 될 수도

더 나아가 공간을 만들고

심지어 공간을 뛰어넘는 4차원으로 갈 수도

그래도 끝내는 점으로 돌아올 수밖에.

그래 구태여 점들을 잇고자 할 필요까지는 없다
결국 존재의 본체는 1차원이고
인위적으로 이어 봤자
결국 단편적 편린들의 집합체일 뿐

그 퍼즐은 영원히 완성되지도 완성될 수도 없는
잠시 그 공간을 빌려 쓰는 것일 뿐

독립된 1차원들이니까.

상처는 아프다, 언제나 이별은 낯설다, 누구에게나

상처는 아프다, 언제나
이별은 낯설다, 누구에게나

상처는 아프다, 언제나 이별은 낯설다, 누구에게나

나이가 들면서
점점 가까운 것이 보이지 않는
'노안'이 되는 것은

'삶의 여백을 관조'하라는
신의 섭리이다.

너무 가까이 보지도 말고
너무 사소한 것에 집착하지도 말고

한 걸음 떨어져
느긋이 생을 정리하며
긴 안목으로 생을 바라보는
혜안이 되라는 것이다.

- 조준형의 '혜안' 중에서

외줄 타기

목숨줄이 꼬여 있다
이 터질 듯한 긴장감
오늘도 저 험한 세상으로
온몸을 내던진다

솟구쳐오른다
실낱같은 생명줄이
팽팽한 전율을 딛고
하늘, 빛, 바람을 가른다

자궁을 탈출하는 공중제비
긴장을 끊고 중력을 벗어나는 순간
허공에 던져진 채 우주와 일체가 된다

방심은 금물
균형을 잃는 순간 죽음이다
솜털마저 곤두서는

상처는 아프다, 언제나 이별은 낯설다, 누구에게나

오늘도 외줄을 탄다

디딜 수 있는 유일한 탯줄
발바닥으로 전해오는 칼날같은 아픔은
살을 파고드는 살아 있음이다.

투박한 동아줄이었다가
때론 터질 것 같은
가녀린 실핏줄이기도 한
날 지탱하는 목숨줄이다.

익숙해질 만도 하지만
두렵기는 매한가지
늘 낯설다.

냉온탕을 오가듯 희노애락
실오라기 하나도 버겁다
필사적으로 매달린다

들숨과 날숨
세상과 호흡하며

맨살에 꽂히는 숨막히는

낙차

곤두박질친다

칼날같은 외줄

그래도 내가 믿을 건 외줄뿐

세상으로 뻗은 유일한 생명선이다

오늘도 난 외줄을 탄다

나를 버리고 생명줄을 탄다

필사적으로

목숨줄을 타고 있다.

상처는 아프다, 언제나 이별은 낯설다, 누구에게나

상처는 아프다, 언제나
이별은 낯설다, 누구에게나

상처는 아프다, 언제나 이별은 낯설다, 누구에게나

남보다 뒤처지는 것을

불안해할 필요도

부러워 할 필요도 없다.

인생은 거기서 거기인 것이고

모든 것은 내 맘속에 있는 것

– 조준형의 '거기서 거기' 중에서

흐르는 시간

칼로 물을 자를 수 없듯
시간에 금을 그을 순 없다

그저 흐르는 시간 속에
서 있을 뿐
우리가 할 수 있는 것은 없다

단지 그을 수 없는 금을 긋고
초, 분, 시, 일, 월, 년
시간을 담아 보지만
의미 없는 일이다.

현재 아니었던 과거가 없고
미래 아니었던 현재도 없듯
그저 기억하기 편하게
긋고 표시를 하지만

상처는 아프다, 언제나 이별은 낯설다, 누구에게나

시간엔 흠집 하나
상처 하나 없다.

결국 하나일 뿐
시작도 끝도 없다.

상처는 아프다, 언제나 이별은 낯설다, 누구에게나

과거는 **반성**하되 매달리지 말고
현재는 **충실**하되 안주하지 말며
미래는 **꿈꾸되** 환상에 젖지 말라

– 조준형의 '과거, 현재, 미래' 중에서

누구도 내일의 승자는 없다

먹고 먹히는 먹이사슬
사망선고된 오늘의 내 몸뚱아리는
네 하루를 보장할 것이고
내일을 기약할 수 있는 기회가 될 터
너도 언젠가는 누군가의 먹이가 되겠지만
살아서든 죽어서든 누구도 내일의 승자는 없다.

생존의 극한상황을 맞이한 자만이 삶을 논할 수 있다.
세렝게티. 양보나 배려는 없다
누군가를 죽여야만 오늘의 생존을 보장받는
약자는 목덜미를 물린 채 생명을 잃어 가는 것이다

우린 이미 알고 있다 세렝게티의 법칙이
우리를 지배하고 있음을
쫓던 쫓기던 그 모든 것이 운명이고 자연의 섭리임을
그것을 거슬러 보려 몸부림쳐 봐도
내일을 기약할 수 없는 무력함은 숙명일 테고

상처는 아프다, 언제나 이별은 낯설다, 누구에게나

부질없는 기억과

내 것 네 것이 없는

오늘의 우린

거저 무수한 너와 나와 조합일 뿐

오늘의 내가 온전히 다음 생으로 갈 수는 없다

오늘의 나는 내일의 너의 일부일 테고

기억이 거기까지인 것도

오늘에 충실해야 하는 이유이고

기억이 닿지 않는다고 해서

관계까지 단절되는 것은 아니지만

무수한 네가 오늘의 나를

오늘의 내가 내일의 무수한 너를 만들 것이므로.

늘 아쉬운 과거와 욕망이 투영된 미래 사이에

공간은 없다

무섭고 낯선 세상의 벽에

외로이 치열하게 부딪히는 통증들이

핏줄에 선명하게 박히고

생에 어쩌면이라는 가정은 없듯이 만약은 의미가 없는 것이다

지나간 것은 지나간 대로 또 다른 역사가 되는 것이다

상처는 아프다, 언제나 이별은 낯설다, 누구에게나

웃음과 울음은 '감정의 배설작용'이다
울음은 아픔의 배설행위이고,
웃음은 기쁨의 배설행위이다.

웃음과 울음은 '삶의 정화작용'이다
울음은 고통의 승화이고
웃음은 기쁨의 나눔이다.

울음은 가슴으로 삼키는 슬픔의 내재적 승화이지만
웃음은 세상을 향해 뱉는 행복의 바이러스이다.

- 조준형의 '웃음 Vs 울음' 중에서

접속

접촉이 싫어 접속으로
정작 고립을 위해 들어가지만 또 다른 연결,

진정한 자신을 드러내지 않는 것일 뿐 외려
암호화된 알고리즘 속에 길을 잃고 지배당한다.

디지털건반으로 새로운 세계를 연주하지만
아날로그한 그 세상은 느낄 수 없다 접속만 있을 뿐

자발적 고립을 원하여 은둔하지만
랜선을 통해 광폭 질주한다. 레일을 이탈한다
필사적인 탈주. 곧 영혼마저 체포된다.

광속의 속도로 빛을 따라 잡으면
만나는 것은 실체를 가지고 있을까
존재하는 것과 인식되는 것은 다르기 때문.

상처는 아프다, 언제나 이별은 낯설다, 누구에게나

다시 현실을 관념으로만 그리는 인간들과 단절한다.

그 관념들은 현실에선 봄 여름 가을 겨울

꺼내어 볼 때마다 다른 것이다

때론 접속을 차단하고

버려진 들풀들처럼 외로워도

마음과 마음을 연결시키고

얼키고 설키며 살고프다.

나는 땅 위에 있고 따뜻한 햇살이고프다.

상처는 아프다, 언제나 이별은 낯설다, 누구에게나

모든 시작과 끝은 때가 있는 법.

시작해야 할 때와 끝내야 할 때

나아가야 할 때와 물러가야 할 때를

지킨다는 것은 실기하지 않는 것이다.

해야 할 때 하지 않으면 불가능해지고

그만둘 때를 놓치면 추해지는 것이다

– 조준형의 '때' 중에서

경계인

진실 혹은 거짓에 선 경계인
담을 걷는다
위태위태한
회색 발걸음이다.
이쪽도 저쪽도 아닌

부채의식에 낀 세대처럼
다층적 정체성 댓글에 매달린다

날선 작두 위에서 내림굿을 한다
접신이다,
미친 듯 날뛴다

한발에 무게중심이 너무 쏠리면 끝이다.
무게중심을 잡으려
오늘도
이쪽 저쪽을 오가고 있다.

상처는 아프다, 언제나 이별은 낯설다, 누구에게나

상처는 아프다, 언제나
이별은 낯설다, 누구에게나

상처는 아프다, 언제나 이별은 낯설다, 누구에게나

성공의 알고리즘은 **성실**

실패의 알고리즘은 **포기**

– **조준형의 '알고리즘' 중에서**

원죄

악은 선을 위해
존재하듯

우린 모른다

아담이
베어 문 사과가
오히려 선이었을지도

외려 에덴의 동산이 악이었을지도.

원죄로 쫓겨나
아담은 마초가 되고
소녀는 수줍은 화초가 되고
그러다 둘 다 화석이 된다.
아 아 아 아 아아 아베마리아.

상처는 아프다, 언제나 이별은 낯설다, 누구에게나

선이 악이 되고

악이 선이 되는 날

사과는

다시 원죄로 부활한다.

상처는 아프다, 언제나 이별은 낯설다, 누구에게나

마음을 여는 것
집착을 하지 않는 것
상대의 영역을 지켜 주는 것
이것이 관계의 시작이다

- 조준형의 '관계' 중에서

이 길이 아닐지도 몰라

이 길이 아닐지도 몰라
되돌아갈까
아니 너무 멀리 왔어

또 다른길
아님 지름길이 있을지도 몰라

어디쯤 가고 있는걸까

캄캄한 미로 같아

이 길이 막다른 길일지도 몰라

좌표도 없는 두려움.
삶에도 GPS가 있다면
찾아보련만

그래도 갈 수밖에

어차피 정답은 없어

저 길이 좋아 보여도

곁눈질할 필요도 없어

남들이 다 가지 않더라도

그냥 갈 수밖에

이 길이 아닐지라도

그냥 이 길이 좋아서

아니

이 길 저 길 기웃거리기에는

우리에겐 버릴 시간이 없으니까

여기까지 온 길이 너무 아깝기도 하고.

상처는 아프다, 언제나 이별은 낯설다, 누구에게나

가장 앞서 가는 자는
인간으로서의 한계에 늘 부딪히고 절망하기 마련이다.

정상에 다다른 자는
늘 외롭기 마련이다.

그 외롭고 힘든 싸움에서 자신을 이겨야 한다
결국은 자신에 대한 극복이다.

한계점에 도달할수록 그 절대고독과 싸워야 한다
한계는 늘 깨어지기 위해 존재하는 것이다.

한계는 극복을 위해 존재하고
극복은 자신과의 싸움에서 승리한 자에게만
주어지는 절대고독의 훈장이므로.

– 조준형의 '한계' 중에서

팔색조

단지 소리 내는 것이
전부는 아니다

때론 꾀꼬리처럼 고운
천상의 노래가 되어
세상을 밝게도 하고

때론 깃털처럼 가벼워도
천근의 무게로 다가오고
때론 날카로운 비수가 되어 꽂힌다

넌 늘 되돌아온다
회귀성이 있어
고향 찾는 연어처럼
메아리 친다

넌 입으로만 하는 게 아니다.

상처는 아프다, 언제나 이별은 낯설다, 누구에게나

때론 마음으로

때론 행동으로

때로는 침묵으로도 노래해야 한다

넌 잘 가려야 한다

해야 할 때 하지 않고

침묵해야 할 때 나서는 것 또한

아니함만 못하니.

하고 나면 다시 잡을 순 없으니.

상처는 아프다, 언제나 이별은 낯설다, 누구에게나

완벽한 노출은
식상함을 불러온다.

신비주의
무언가의 매력은 감춰진 것이 있어야 한다.

– 조준형의 '감춤의 미학' 중에서

잃어버린 시간

숨 죽이며 앓던
길 잃은 시계 속으로
초, 분, 시침이
별이 되어 쏟아져 내린다.

침 잃은 시계는
더 이상
정지된 채 적막하다.

그래도
멈춰진 것이 아님을
거울 속에 비친
나를 보고 눈치챘다.

초점잃은
별들이 떨어진다
초침

상처는 아프다, 언제나 이별은 낯설다, 누구에게나

분침

시침으로 우수수 떨어진다.

내 맘 깊숙이.

매 순간이 처음이자 마지막인 것을

돌아오지 않는 순간들

언젠가부터

돌아보지 않기로 했다.

상처는 아프다, 언제나 이별은 낯설다, 누구에게나

흘러간 시간은 흘러간 대로
의미가 있는 것
기억하고 싶든 아니든
되새김은 부질없는 것
놔주기로 했다

과거에 매달리는 것은
지금의 순간들에 대한 예의도 아니거니와
미래만 보는 것도
지금의 순간에는 미안한 일인 것이다.

지금에게 충실하자
그래 힘들더라도 지금의 매 순간이 소중한 것이고
진정 내 것인 것이다.
행복은 지금 가진 것에서 찾는 것이다.

– 조준형의 '지금' 중에서

너와 나의 시간

생과 생이 이어지는 길목에 서서
이토록 내가 아픈 까닭은 네가 함께 할 수 없음이고
서럽도록 내가 슬픈 까닭은 네가 함께 했기 때문이다.

나의 시간은 흐르고
너의 시간은 멈춰져 있다
흐름을 달리하면
너와 나 함께 할 수 없는 것
그 아픔을 알기에 쉬이 이별을 고할 순 없다

어차피 온전한 삶은 없듯
수많은 삶과 죽음의 기록이 남아 있는 채로
단 한 번도 너만의 죽음일 순 없다
우리 모두의 소멸일 뿐

미친 듯이
결국 화석이 된

상처는 아프다, 언제나 이별은 낯설다, 누구에게나

미지의 퇴적층을 파내면

너와 나

하나의 기저로 연결이 되는 것이다.

PART 4

사랑과 이별은 언제나
미완성인 것이다
끝난 듯 끝이 아니듯

달빛 소나타

달빛이 내려앉는다
소녀는
기도한다.

채 피지 않은
꽃망울로 가슴을 여민다

달빛은 고즈넉이
소녀의 가슴을 파고든다
달빛이
소녀를 감싸 안는다

별빛이 눈처럼 내려앉는다
이제 더 이상 소녀는
우리가 알던
소녀가 아니다.

상처는 아프다, 언제나 이별은 낯설다, 누구에게나

마음을 훔친 달빛은

황급히

옷을 입는다.

달빛을 타고

첫눈이 내린다.

마치 아무도 오지 않은 것처럼

세상은 하얗게 덮였다

사막 같은 그 눈길로

낙타가 걸어간다

낙타가 걸어간 눈길엔

발자욱조차 없다

소녀는 생각한다

아무도 모르는

혼자만의 전설이라고

발자욱도 없는.

상처는 아프다, 언제나 이별은 낯설다, 누구에게나

사랑도 이별도 한 몸이라
살아 있는 것은 모두 이별을 내포하고 있지
삶과 죽음도 하나이듯

– 조준형의 '하나' 중에서

별거 아니더라

인생 별거 없더라
뭐 그리 대단한 것처럼
위세를 떨더니
결국
별거 아니더라

뭐 그리 대단한 것처럼
고상을 떨더니
결국
거기서 거기더라

그 허세에
괜한 욕심에 휘둘려
정신 나간 선무당처럼
장단 맞추었으니
이제라도 제자리 찾아가야겠다

상처는 아프다, 언제나 이별은 낯설다, 누구에게나

알고보면

별거도 아닌

그저 소소한 일상이

전부인 것을.

상처는 아프다, 언제나 이별은 낯설다, 누구에게나

삶의 공간에
빈 곳을 마련하는 것은
빈틈없이 채우는 것보다 더 중요하다.
빈 곳은 곧 여백이요
삶의 여유다.
마음을 비우는 것 그것은 버리는 것이다.
비우지 않고 채울 수는 없다.

– 조준형의 '여백' 중에서

요끼

어린시절
생일선물로 요끼를 만났다.
조른 것은 나지만
고른 것은 어머니였다
그 눈망울이 너무 선해
빠져들 것 같다며

외동인 난
요끼를 동생처럼 귀여워했다
개구짖게 괴롭히기도 했지만

처음 이름은
욥기였다. 구약성서에 나오는
부르기 쉽게
욥기는
자연스럽게 요끼가 되었다.

상처는 아프다, 언제나 이별은 낯설다, 누구에게나

요끼는 사냥개의 후손이라 했다.

작은 몸짓에서

쏜살같이 달려가는

필경 토끼몰이 깨나 했음직했다

언제부턴가

요끼는 어머니 차지가 되었다

내가 대학을 갈 즈음

요끼도 할배가 되었다

가지런하던

이빨도 하나둘씩 사라져 갔다

늘 어머니의 품속에서

살다시피 했다.

아픈 기색이 역력하던

요끼는

15년을 함께하고 우리 곁을 떠났다.

곱게 단장하여

화장하고 난

어머닌 한달 내내 우셨다.

어머닌 다시는

거두지 않겠다고 맹세하셨다

초롱초롱한

그 까만 눈을 잊을 수 없다며.

그럼에도 이내

난 또 하얀 순백의 몰티즈를 입양했다.

어머니는 반대했다.

생명은 함부로 거두는 것이 아니라고

책임질 수 없으면

그리고

언젠가는 또 가슴 아픈 이별을 해야 하는 거라고

야미는 암컷이었다

순한 양 같이 얌전했다.

요끼가

눈에 밟혀

쉽게 자리를 내어 주지 않던 어머닌

점점 야미도 어머니 차지가 되었다

요끼가 그랬듯

편안한 눈망울로

어머니의 품속에서.

야미는

또 다른

요끼가 된 것이다.

상처는 아프다, 언제나 이별은 낯설다, 누구에게나

사람이 예쁘게 보이는 것은 '미모'요
사람을 끄는 것은 '매력'이다.

'미모'는 날이 갈수록 색을 바래지만
'매력'은 날이 갈수록 빛을 더해 가는 것이다.

'미모'만 있고 '매력'이 없는 사람보다
'미모'는 부족하나 '매력' 있는 사람이
더 멋지고 아름다운 사람이다.

자신만의 상큼한 '향기'와 '아우라'는
상대를 마취시키는 '매력'이다

– 조준형의 '미모와 매력' 중에서

다 못 가도
내가 쉬어 간다는데

무엇 하러 그리
급히 가
그 고비 넘어가면
또 다른 고비 올 텐데

끝까지 가 본들 무얼 해
또 다시 끝이 아닌데

가까이 보여도 그건
신기루

가다 가다 힘들면
잠시 옆 개울가엔
부르튼 발도 담그고

성근 밤하늘엔
잃어버린 별도 헤고

상처는 아프다, 언제나 이별은 낯설다, 누구에게나

아침 이슬엔

갈라진 목도 축이고

그렇게

잠시 쉬어 간들 어떠리

그리 동여맬 필요 없어

빗장 풀고

엎어지고 쓰러지면

바로 일어날 필요도 없어

이왕 쓰러진 거

두 다리 쭉 뻗고 코박고

내친 김에

흙내음이라도 실컷 들이켜보아

꿈길 따라

깊숙이 내 영혼을 들이켜보아

맘 편히

누가 뭐라 할 건가

다 못 가도

내가 쉬어 간다는데.

상처는 아프다, 언제나 이별은 낯설다, 누구에게나

충분히 깨닫고(?) 느끼면서(!) 쉬어가면서(,) 가도 돼(.)

- 조준형 '늦어도 괜찮아' 중에서

미안해 너무 미안해

차마 말 못했네

돌아보기 두려워
마주 보기 두려워
차마 말을 못했네

네 아픔보다
더 아프다고 감히 말할 자신이 없어서
차마 말을 못했네

미안해
너무 미안해서 차마 말을 못했네

네 슬픔보다
더 깊다고 감히 말할 용기가 없어서
차마 말을 못했네

상처는 아프다, 언제나 이별은 낯설다, 누구에게나

미안해

너무 미안해서 차마

미안하다는

말조차 못했네

상처는 아프다, 언제나 이별은 낯설다, 누구에게나

시련 없는 성공도 없듯

아픔 없이 사랑도 이루어지지 않는다.

- 조준형의 '아픔 없이 사랑도 이루어지지 않는다' 중에서

불행의 끝

불행은 감기처럼 다가와
오랜 천식이 되었다

늘 기침으로
객혈을 뱉어내던
가슴앓이

노래하던 시인의
마음으로
쏟아낸다

불행과 행복은
서로의 그림자
늘 따라 다닌다
아주 오랜 친구처럼

뫼비우스 띠처럼 돌고 돌면

상처는 아프다, 언제나 이별은 낯설다, 누구에게나

행복도 불행의 그림자.

불행도 보듬고 살다 보면

언젠가는 오겠지

그 끝자락

그 그림자는 행복이라고.

상처는 아프다, 언제나 이별은 낯설다, 누구에게나

칠 년을 땅속에서 유충으로 있다가
땅 위에서 허물을 벗고(蟬脫) 열흘간
처절하게 살고 간다는 매미의 일생처럼
생은 짧은 만큼 뜨겁게
처절하게 살아야 하는 것이다.

– 조준형의 '선탈' 중에서

동트는 아침

온몸이 불덩이처럼 달아올랐다
지독한 신열이었다

몸을 추스르다 새벽 속으로 달린다
횅한 칼바람이 속살을 스쳐 간다
그렇게 회색 늑대가 울고 간
도시의 귀퉁이엔
무서운 적막만이 괴리를 틀고 있다

깨트려야 한다
내가 살기 위해
막혀 있는 저 거대한 벽들을
조금씩

잘린 두 팔엔
새살이 돋아나고
잘리운 두 다리에도

상처는 아프다, 언제나 이별은 낯설다, 누구에게나

새싹이 피어나듯

마침내
우리에게도
동트는 아침이
오고 있는 것이다.

상처는 아프다, 언제나 이별은 낯설다, 누구에게나

삶과 죽음이 공존할 수 없듯이
사랑과 이별이 공존할 수 없을까
이별도 사랑의 또 다른 모습이라면

– 조준형의 '공존' 중에서

누가 나에게

누가 나에게 손을 내밀어다오
깊이를 알 수 없는
이 수렁에서

누가 손을 내밀어다오
조금은 따스한 온기라도
느낄 수 있게

내밀어 준 그 마음으로
나도 누군가에겐 언덕이 되어 줄게

부디
더는 늦지 않게
더는 아프지 않게

상처는 아프다, 언제나 이별은 낯설다, 누구에게나

상처는 아프다, 언제나
이별은 낯설다, 누구에게나

상처는 아프다, 언제나 이별은 낯설다, 누구에게나

끝이 있다는 것은 행복한 것이다.
끝이 없다는 것은 엄청난 고통.
그 끝을 모르거나 끝이 없는 것은
너무도 가혹한 일이다.

마무리를 할 수 있다는 것은
인간이 가지는 최고의 행복이다.
죽음은 인간이 가지는 최고의 축복이자
영원한 안식이다.

- 조준형의 '끝' 중에서

순장된 꿈

누구나
피우지 못한 꽃봉오리는 있어
늘 가슴 한켠에 두고 산다.

가는 날까지
가끔씩은
사랑도 주고 눈물도 주고
그렇게들
순장되어 가는 것이다

내 꿈도 있어
저만치 떨어져 따라오는
헌 신발짝같은

그래서 더욱 애틋하게
다음 생으로 안고 갈 수밖에 없는 것이다

상처는 아프다, 언제나 이별은 낯설다, 누구에게나

상처는 아프다, 언제나
이별은 낯설다, 누구에게나

상처는 아프다, 언제나 이별은 낯설다, 누구에게나

"오늘은 나, 내일은 너."

"내가 할 수 있는 것은 다 했다."

"정말 열정적으로 사랑했다. 그리고 영원히."

"치열하게 살았다. 그리고 감사했다."

"너무 빨리 지나갔다⋯⋯"

"내 이럴줄 알았다."

나의 묘비명은?

- 조준형의 '나의 묘비명' 중에서

동토

하야얀 백지가
날카롭게 잘리운다.
쇄빙선 하나
묵직한
파열음을 내며
시베리아 동토의
얼어붙은 가슴살을 가르며 다가왔다.

구조선인지, 난파선인지
잊은 지
아득하다

포기도 오래되어
호흡도 멎은 지 오래다

조각조각
찢기운 듯 얼음덩어리들이 해부된다.

상처는 아프다, 언제나 이별은 낯설다, 누구에게나

차가운 혼돈

부서지는

햐얀 포말 사이로

펄떡이는 은빛 상념들이

서서히

날갯짓하며 힘차게 오른다.

상처는 아프다, 언제나 이별은 낯설다, 누구에게나

독과 향기는 함께 있어
너무 가까이 하면 독이 되고
너무 멀리하면 향기를 잃을 수 있다.

- 조준형의 '독과 향기' 중에서

플랫폼

기다림은 언제나 긴장과 설레임의 연속.
때론 가슴 벅찬 환희가
때론 가슴 아린 이별이 교차되는 지점. 플랫폼
누군가에게 잊혀지지 않는
누군가에겐 잊혀지고 싶은 지점이다

모든 것을 감추고 빨아들이는 블랙홀, 이별, 만남
종착지일수도, 새로운 출발일 수도 있는
각자에게는 다른 의미로
기차는 떠나고.

남은 자와 떠나가는 자
이제는 인간미마저 사라진 단순한 플랫폼일 뿐

너와 나의 연결은 또 다른 연결의 고리가 되고
거미줄처럼 무한정 뻗어나가지만
동맥경화처럼 핏줄은 닿지 않는다.

상처는 아프다, 언제나 이별은 낯설다, 누구에게나

이젠 만난 적도 없는 기억들을 나누고

싫어도 거부할 수 없는

냉정한 접점으로 변해 가는 것인가

공유할 수 없는.

상대에 대하여 '편하게 대하는 것'과

상대에 대하여 '쉽게 대하는 것'은 다른 것이다

상처는 아프다, 언제나 이별은 낯설다, 누구에게나

상대에 대하여 '기본적 예의'와

'최소한의 절제' 대신

단지 가깝다는 이유 하나만으로 '너무 쉽게 생각'한다

가까움으로 인하여 편한 만큼

상대도 편안하게 배려를 해 주는 것

그것은

절대로 쉽게 함부로 말하고 행동하는 것을

뜻하는 것이 아님을

가까울수록

더 소중할수록

'기본적 예의와 배려'는

더 필요한 것이다

서로가 쉬운 상대가 아닌

서로가 편안한 상대가 되어야 하는 이유이다

- 조준형의 '편한 것과 쉬운 것' 중에서

운명공동체

우리는 모두 '하나'이다.
누군가의 묘비명에 쓰여 있다던
'오늘은 나, 내일은 너'

그렇다
나에게만은 예외일 것 같은

피하고 싶은 순간도
고통도
결국은 내 것이 된다는 것,

그래서 너와 나 = 우리는

'인간'이라는
'운명공동체'라는 것.

상처는 아프다, 언제나 이별은 낯설다, 누구에게나

상처는 아프다, 언제나
이별은 낯설다, 누구에게나

상처는 아프다, 언제나 이별은 낯설다, 누구에게나

태어날 때 자신은 울고 타인들은 기뻐하지만
죽을 땐 타인은 울지만 자신은 기뻐하도록 살아야 한다.

- 조준형의 '끝' 중에서

상처는 아프다, 언제나
이별은 낯설다, 누구에게나

ⓒ 조준형, 2021

초판 1쇄 발행 2021년 6월 25일

지은이   조준형
펴낸이   이기봉
편집   좋은땅 편집팀
펴낸곳   도서출판 좋은땅
주소   서울 마포구 성지길 25 보광빌딩 2층
전화   02)374-8616~7
팩스   02)374-8614
이메일   gworldbook@naver.com
홈페이지   www.g-world.co.kr

ISBN   979-11-6649-934-0 (03810)